Wie der Tiger überlistet wurde

von Kedar Nath
illustriert von Gisela Klein

Lesemaus-Geschichten
herausgegeben von Stefan Wilfert

Serie: Tierische Geschichten

Oldenbourg

1., gemäß der Rechtschreibreform korrigierte Auflage 1997

Unveränderter Nachdruck 00 99 98 97
Die letzte Ziffer bezeichnet lediglich das Jahr des Drucks.

Lektorat: Ute Busche und Antje Glimmann
Herstellung: Karina Hack
Satz: Horst Gerbert Layoutsatz-Repro, Haar b. München
Repro: Wartelsteiner GmbH, Garching b. München
Druck und Bindung: Schoder Druck, Gersthofen

ISBN 3-486-**12299**-1

Es war einmal
ein ehrwürdiger Priester in Indien, der
pilgerte zu einer der heiligen Stätten.
Auf seinem Wege, der ihn durch viele
Dörfer führte, kam er auch an einen
Ort, der schien von allen Bewohnern
verlassen. Aber wie verwundert war
er am Rande des Dorfes einen Käfig
zu finden, und in dem Käfig sah er
einen Tiger, den man dort eingesperrt
hatte.

Als er kopfschüttelnd seinen Weg
fortsetzen wollte, rief ihn der Tiger an:
„He, Priester, dein Beruf ist es, Gutes
zu tun. Also sei so gut, lass mich frei."
„Wie kann ich dich freilassen, weiß ich
doch nicht einmal, weshalb du hier eingesperrt bist", entgegnete der Priester.
„Das kann ich dir sagen",
antwortete der Tiger.

„Die Menschen sind alle zu einer Hochzeit gegangen, der Bürgermeister verheiratet seinen ältesten Sohn. Aus Angst haben sie mich in diesen Käfig gelockt."

Und er verlegte sich aufs Betteln:

„Hab doch ein Einsehen. Es ist so heiß, ich bin durstig. Wenn ich nicht bald zu trinken bekomme, muss ich verdursten. Sieh, Priester, dort drüben ist ein Teich. Lass mich dort hingehen und trinken."

Der Priester konnte den Bitten des Tigers nicht widerstehen. Er öffnete die Tür des eisernen Käfigs.

Mit einem Satz sprang der Tiger heraus und auf den Mann zu.

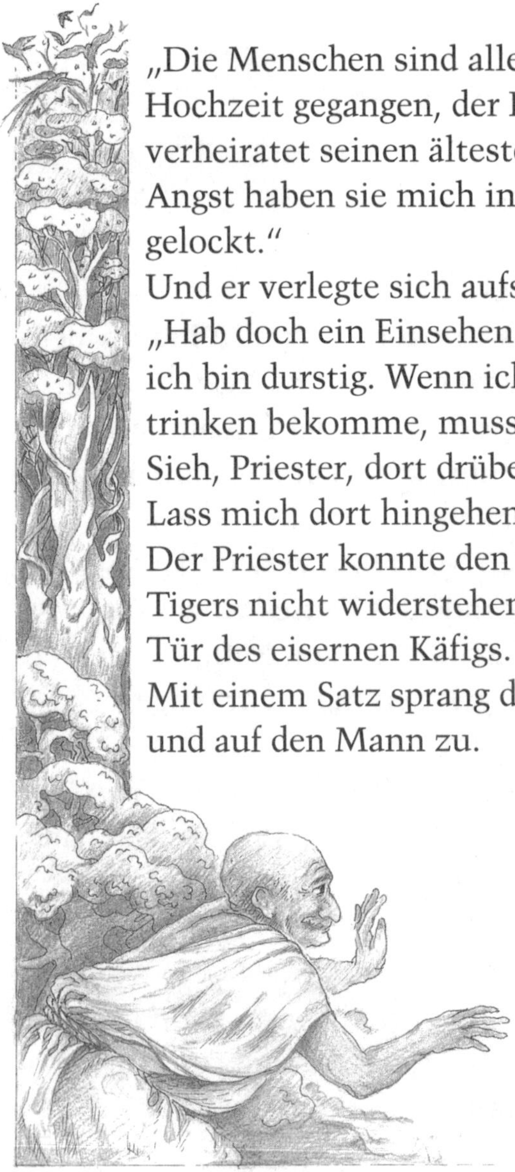

Erschrocken wich der Priester zurück. „Einfältiger, leichtgläubiger Heiliger, du“, fauchte das Tier, „natürlich bin ich nicht bloß durstig, sondern auch hungrig. Seit drei Tagen schmachte ich schon hinter Gittern. Als der Hochzeitszug vorbeikam, verspotteten mich die Leute. Es ist leicht, einen Gefangenen zu verhöhnen, mich, den Wächter des Dschungels. Die Stunde der Rache ist gekommen und du sollst als Erster dran sein!“, rief er und duckte sich zum Sprung.

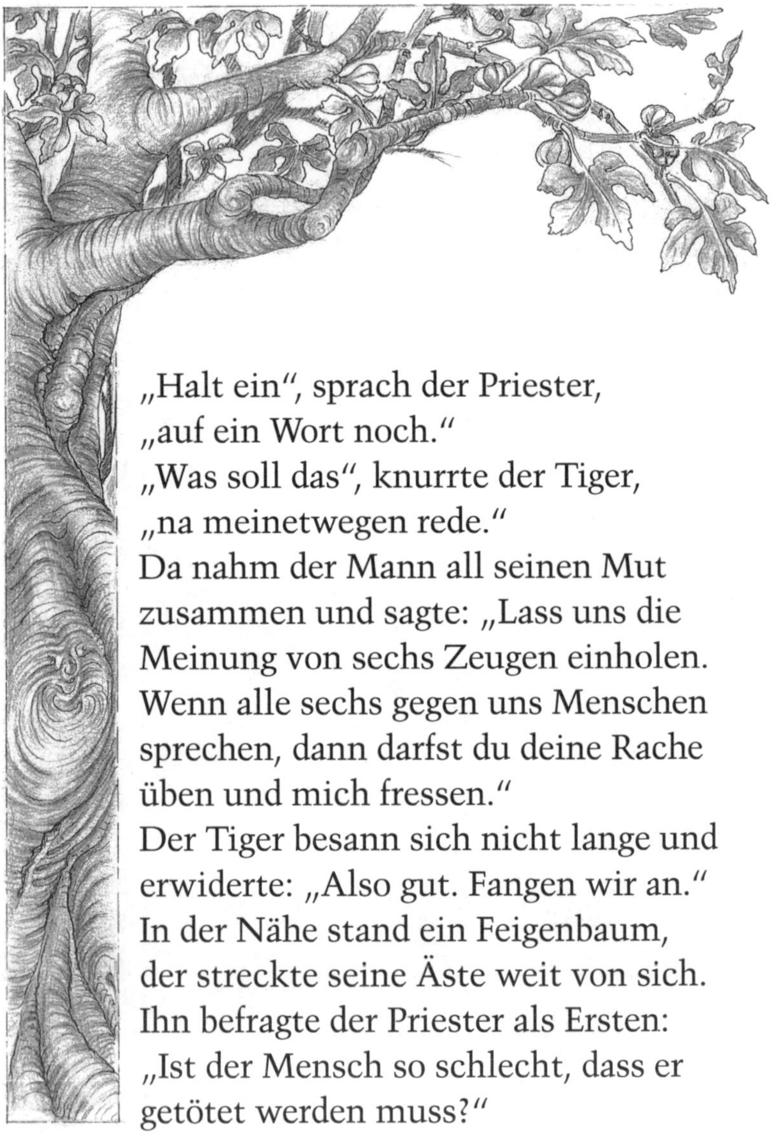

„Halt ein“, sprach der Priester, „auf ein Wort noch.“
„Was soll das“, knurrte der Tiger, „na meinetwegen rede.“
Da nahm der Mann all seinen Mut zusammen und sagte: „Lass uns die Meinung von sechs Zeugen einholen. Wenn alle sechs gegen uns Menschen sprechen, dann darfst du deine Rache üben und mich fressen.“
Der Tiger besann sich nicht lange und erwiderte: „Also gut. Fangen wir an.“
In der Nähe stand ein Feigenbaum, der streckte seine Äste weit von sich. Ihn befragte der Priester als Ersten: „Ist der Mensch so schlecht, dass er getötet werden muss?“

Die Zweige des Feigenbaumes neigten sich auf und nieder und der Baum begann zu reden:
„Sieh meine reifen, braunen Früchte. Die Natur hat sie mir geschenkt, damit sich meine Art vermehre. Aber die Leute reißen sie ab, essen sie, trocknen sie, machen Getränke davon, nur um Genuss zu haben; sie lassen mich hier stehen und vertrauen darauf, dass der Himmel mich ernährt.

Nicht genug damit, reißen sie Äste und Zweige ab, um sie im Herd zu verbrennen. Der Mensch ist undankbar, er schadet mir nur. Soll der Tiger dich und deinesgleichen ruhig fressen."
Der Priester war betroffen von diesen Worten. Auch er hatte sich gedankenlos des Feigenbaumes bedient. Er sah sich um und bemerkte ein Kamel, das langsam näher kam. Da ging er dem Kamel entgegen und sagte:
„Halt ein, ich muss dich etwas fragen. Du bist ein alter Gefährte des Menschen, also musst du ihn gut kennen.

Was denkst du über ihn?
Muss er getötet werden?"
Das Kamel wiegte nachdenklich seinen Kopf und sprach: „Ich, ein Gefährte des Menschen? Wenn ich es könnte, würde ich lachen. Der Mensch bürdet mir die schwersten Lasten auf, damit ich sie ihm durch die glühende Wüste schleppe. Er spannt mich vor den Pflug, damit ich mit ihm die harte, krustige Erde umbreche.

Er raubt mir meine Haare, lässt Wolle daraus spinnen, um sich in warme Mäntel und Decken hüllen zu können oder sich gar kostbare, wollene Teppiche unter seinen verwöhnten Körper zu legen. Und wenn ich endlich alt und schwach geworden bin, dann habe ich ausgedient; aber ich bekomme nicht etwa ein Gnadenbrot, nein, da schlägt man mich tot, um aus meinem Leder noch Schuhe oder Taschen für meinen Herrn und Gebieter zu nähen.
Von mir aus soll der Tiger dich und deinesgleichen lieber heute als morgen fressen."
So sprach das Kamel und schritt mit wiegenden Schritten davon.
Der Priester war nach diesen Worten sehr traurig. Er hatte noch nie über all das nachgedacht.

Jetzt bemerkte er einen Bullen auf einer nahen Weide. Auch dieser lebte seit langem als Haustier bei den Menschen. „He, alter Geselle“, rief der Mann, „du hast gehört, dass der Tiger mich fressen will und was der Feigenbaum und das Kamel dazu sagen. Du bist es gewohnt, dem Menschen zu dienen. Du wirst ihm wohl nicht den Tod wünschen.“
„Warum sollte ich nicht?“, entgegnete der Bulle. „Geht es mir etwa besser als dem Kamel? Na gut, man jagt mich nicht in die heiße Wüste. Aber ich muss dem Herrn seinen Karren ziehen, ganz gleich, wie schwer er ihn auch beladen hat. Wenn ich ihm nicht schnell genug gehe, schlägt er mich mit dem Stock. Ich muss das Wasserrad treiben von früh bis spät, muss den Pflug ziehen und in den Reisfeldern herumwaten.

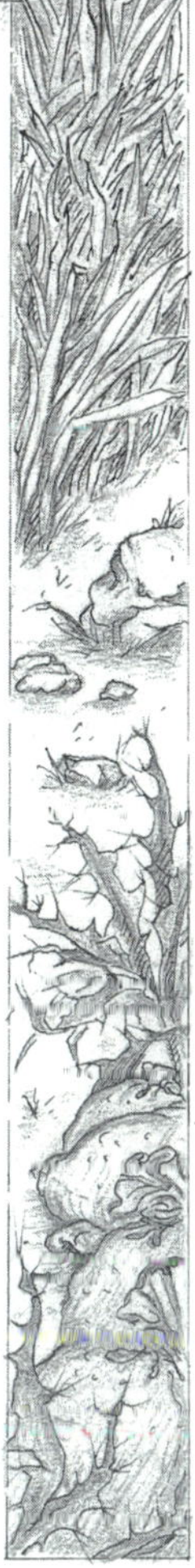

Bin ich alt und habe nicht mehr genug Kraft, jagt man mich auf die Straße, damit ich herumziehe, bis ich vor Entbehrungen zusammenbreche und sterbe. Denn ich gehöre zu den heiligen Kühen, die niemand töten darf.
Du selbst, Priester, hast mir nichts angetan, dir wünsche ich nichts Böses. Aber du bist ein Mensch wie alle anderen, und wenn der Tiger es so beschlossen hat, so muss er dich fressen in Gottes Namen."
Der Priester war von allem, was er bisher gehört hatte, so traurig,

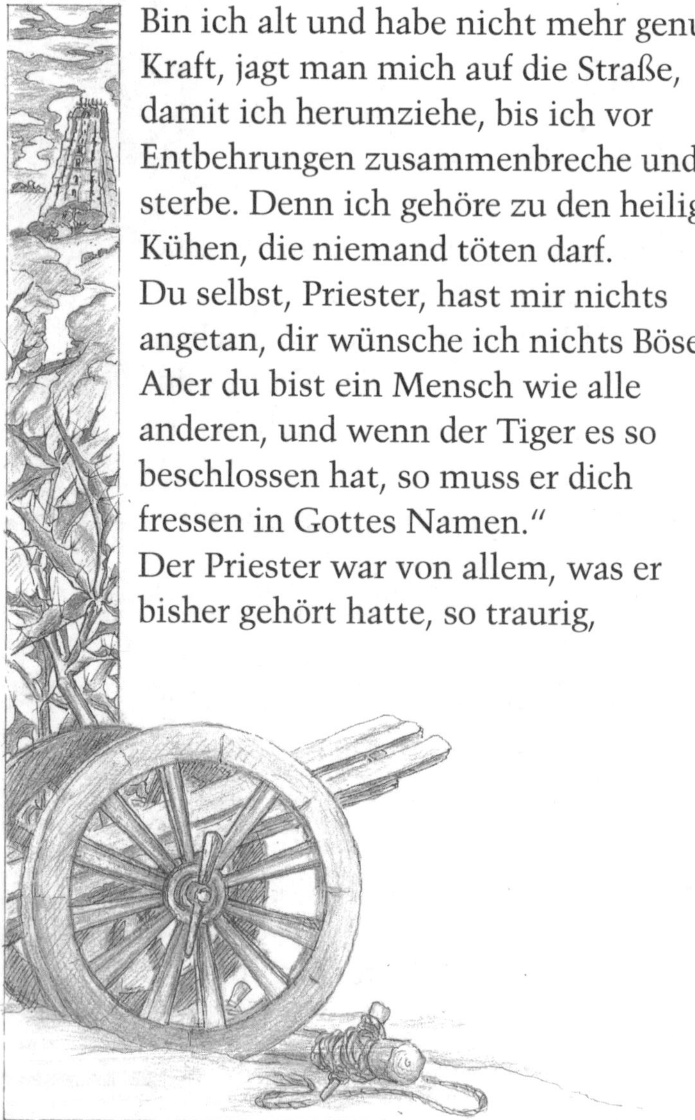

dass er kaum noch den Mut hatte die weiteren drei Zeugen zu befragen. Vielleicht war es sein Schicksal, getötet zu werden, bevor er die heilige Stätte erreicht hatte.

Da hörte er plötzlich ein jubelndes Gezwitscher aus dem Feigenbaum.

„Schöne Drossel", rief er zu dem Vogel hoch oben auf dem Baume, „bestimmt wirst du denen, die ich vor dir befragte, widersprechen. Du wirst wohl nicht wünschen, dass wir Menschen getötet werden sollen?"
„Warum sollte ich so leichtfertig sein und für den Menschen sprechen?", fragte die Drossel zurück. „Ich bringe den Menschen Hoffnung mit meinen Trillern und Jauchzern.

Aber sie sind besitzgierig. Sie geben sich nicht mit meinen Liedern in der Freiheit zufrieden. Mit Fallen und Netzen stellen sie mir nach, fangen mich, sperren mich in einen Käfig. So bin ich gezwungen in Gefangenschaft zu singen und zu sterben. Der Tiger muss den Menschen töten. Im Namen der Freiheit!"
In diesem Moment streunte ein Hund vorbei. Der Priester stieß einen kurzen Pfiff aus. Schon kam der Hund zu ihm und legte sich zu seinen Füßen nieder. „Braves Tier", sagte der Priester, „du bist der treue Kamerad des Menschen, du hütest das Haus deines Herrn, du beschützt seine Kinder.

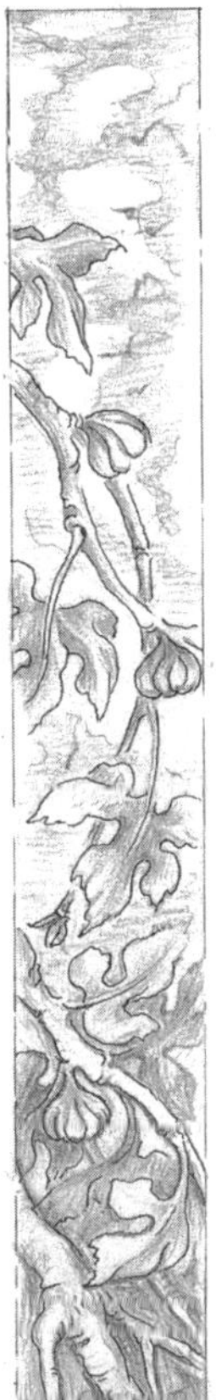

Du wirst ein guter Zeuge für uns Menschen sein, nicht wahr?"
„Oh ja", bestätigte der Hund.
„Einen besseren Zeugen als mich wirst du nirgends finden. Ich kenne den Menschen wie kein anderer.
Du hast Recht, ich bin der Beschützer von Haus und Hof, der Freund der Kinder, der Wächter. Ich helfe dem Jäger auf der Jagd. Mir kann der Mensch sogar eine Botschaft anvertrauen, ich werde sie schnell überbringen.
Aber – wenn ich alt, krank und hilflos bin, dann werde ich mit einem Tritt davongejagt.

Von mir aus soll der Tiger den Menschen töten."

Nun hing das Leben des Priesters nur noch von einem einzigen Zeugen ab. Bisher hatte er den Menschen als das höchste Lebewesen erachtet. Aber nun? Während er noch darüber nachdachte, schlich ein Fuchs heran. Sollte der Listige der letzte, der entscheidende Zeuge werden?

„Fuchs", sagte er, „du bist schlau, sage du, ob der Mensch so schlecht ist, dass er getötet werden muss; und ich, ein alter und weiser Priester, soll das Opfer sein."

Der Fuchs schüttelte seinen Pelz, kratzte sich mit seiner Hinterpfote hinter dem rechten Ohr und sagte: „Na, meine Erfahrungen mit dem Menschen sind auch nicht die besten. Ist der Jäger nicht ständig hinter mir her, weil ich meine Nahrung gelegentlich in einem Hühnerstall suche?"
Dabei blinzelte er dem Priester so listig zu, wie er nur konnte. Der Tiger konnte das nicht sehen.

Dann fuhr der Fuchs fort:
„Doch ich will kein vorschnelles Urteil fällen. Wie leicht ist man ungerecht. Darum musst du, Tiger, Wächter des Dschungels, noch einmal in den Käfig steigen."
„Na, das ist denn doch unerhört", protestierte der Tiger.
„Was heißt hier unerhört", sagte der Fuchs. „War die Tür des Käfigs geschlossen oder offen? Vielleicht dachtest du nur, sie hätten sie geschlossen. Sei so gut, steige doch für einen Moment in den Käfig."

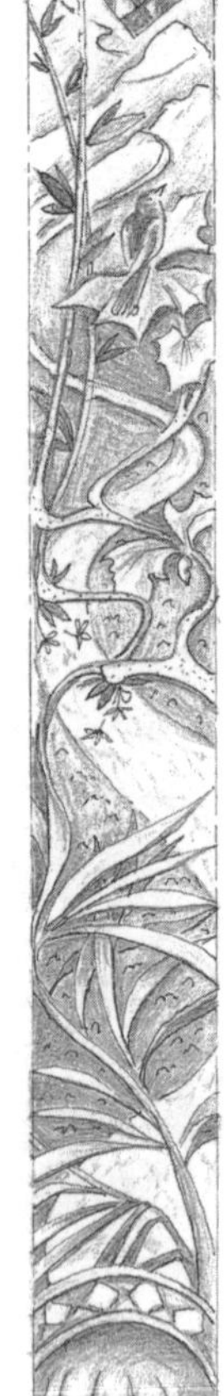

Der Tiger brummte noch vor sich hin, tat aber, wie ihm geheißen. Daraufhin gebot der Fuchs dem Priester die Tür zu schließen. Das tat der auch sofort leichten Herzens, denn er glaubte die List des Fuchses zu durchschauen. Nun war der Tiger wieder gefangen.
„So, nun lasst mich aber schnellstens wieder heraus", forderte der sogleich.
„Das werden wir nicht tun", sagte da der Fuchs.
„Ein jeder hat wahrscheinlich aus Furcht vor dir gegen den Menschen gesprochen. So viel Böses von ihm gesagt werden kann, so viel Gutes wäre auch zu nennen. Wenn wir sechs weitere Zeugen über dich, Tiger, befragen wollten, würden wir wohl mehr Schandtaten zu hören bekommen, als du mit einem Tod bezahlen könntest.

Also bleibe nur, wo du bist, bis die Dorfleute zurückkehren und entscheiden, was mit dir geschehen soll."
Er blinzelte dem Priester noch einmal zu, sagte:
„Friede deinem Weg, Mensch",
und trollte sich von dannen.

Kedar Nath

Kedar Nath wurde 1927 in Rawalpindi geboren. Diese Stadt lag damals im nordindischen Staat Pandschab; 1947 wurde das Land geteilt, seitdem lag seine Heimatstadt in Pakistan und die Familie musste fliehen. Er entstammte einer Brahmanen-Familie, das ist die höchste Kaste der Hindus. Sein Vater war Arzt.
Kedar Nath studierte an der Pandschab-Universität Literatur und Sprachen. Später war er Professor in diesen Fächern an mehreren Hochschulen Indiens und in England. Er reiste gern, besuchte viele Länder und sprach außer seiner Muttersprache sechs Fremdsprachen, auch Deutsch. Normalerweise schrieb er aber auf Englisch.
Seit 1978 war er nur noch Schriftsteller. Er schrieb Sachbücher und Romane, auch Erzählungen und Hörspiele.
Kedar Nath wohnte in Berlin, wo er 1994 starb.

Lesemaus-Geschichten

herausgegeben
von Stefan Wilfert

MIT NEUER RECHTSCHREIBUNG

NEU

Serie:
Alles Gute!
Herzlichen Glückwunsch!
Frohes Fest!

Bekannte Kinderbuchautorinnen und -autoren erzählen sechs Geschichten zum Thema, Ostern, Muttertag, Weihnachten und zu anderen Feiertagen im Jahreslauf.

In Vorbereitung u.a.:

Am Muttertag ist die Mutter das Wichtigste
von Laura Feuerland, Best.-Nr. 04318-8

Richtig suchen und falsch suchen
von Gudrun Mebs, Best.-Nr. 04320-X

Kirchweih und Kikeriki
von Walter Hörmann, Best.-Nr. 04321-8

Weihnachtszeit voller Geheimnisse
von Tilde Michels, Best.-Nr. 04322-6

Der besondere Tag
von Laura Feuerland, Best.-Nr. 04317-X

Serie:
Menschliche
Geschichten

Elsa
von Gina Ruck-Pauquèt, Best.-Nr. 04441-9

Kaputtes Knie
von Gudrun Mebs, Best.-Nr. 04442-7

Das Nachrichtenband
von Frieder Stöckle, Best.-Nr. 04440-0

Streitlust
von Hannelore Voigt, Best.-Nr. 04438-9

Pauli Schussel und Claudia Sommersprosse
Geschichten von Martin Auer und Ditte Clemens, Best.-Nr. 04437-0

Tinka ist das tollste Pferd der Welt
von Klaus Peter Wolf, Best.-Nr. 04439-7

Serie:
Tierische
Geschichten

Die Ratte
von Walter Hörmann, Best.-Nr. 12298-3

Auch Mäuse mögen Weihnachtsplätzchen
von Tilde Michels, Best.-Nr. 12301-7

Wie der Tiger überlistet wurde
von Kedar Nath, Best.-Nr. 12299-1

Das Mädchen Eisenstein und der Rabe Fritz
von Klaus Kordon, Best.-Nr. 12304-1

Der Kuckuck
von Bruno Keiser, Best.-Nr. 12297-5

Die Spinne, die Giraffe und die Neugier
Geschichten von Helmut Glatz und Henky Hentschel, Best.-Nr. 12302-5